MA VIE SUR MARS

Nous remercions Michel Viso, responsable de l'exobiologie au CNES (Centre national d'études spatiales) pour les précieuses informations qu'il nous a communiquées sur la vraie vie de l'exploration spatiale et ses complexités. Merci pour son savoir allié à tant d'humanité.

SB et PP

24-32, rue des Amandiers, 75020 Paris – France

Correction : Catherine Rigal

Loi n° 49-956 du 16 juillet 1949 sur les publications destinées à la jeunesse,
modifiée par la loi n° 2011-525 du 17 mai 2011.
Dépôt légal : mars 2021. ISSN : 2610-2943. Imprimé en Serbie.

Produit conçu et fabriqué sous système de management
de la qualité certifié AFAQ ISO 9001.

FSC
www.fsc.org
MIXTE
Papier issu de
sources responsables
FSC® C117682

MA VIE SUR MARS

Expédition Stony

Écrit par Sylvie Baussier et Pascale Perrier
Illustré par Antoine Brivet

AUZOU romans Pas à pas

En l'an 2111, un petit groupe de Terriens participe à une grande aventure : être les premiers à vivre sur la planète Mars. Parmi eux, deux enfants, Jade et Nils. Ils n'ont pas leur langue dans leur poche et leurs neurones travaillent à plein régime ! Heureusement, car Mars est une planète pleine de surprises !

Moi, c'est Jade.

J'ai 10 ans, un robot nommé Rob, et les 2 yeux rivés sur le ciel : j'adore les aventures sur les autres planètes ! Ça tombe bien, maman et moi, nous avons été choisies pour faire partie du premier groupe à habiter sur Mars. Vous vous rendez compte !

Nils, c'est le seul autre enfant de cette grande aventure. Il adore les animaux, en particulier son chat Apollo. Ses parents, Star et Gad, vivent aussi sur Mars avec nous. Quelle aventure !

Star
la mère de Nils,
médecin

Gad
le père de Nils,
zoologue

Maya
la mère de Jade,
géologue

Mark
le commandant
de l'expédition

Ravish
ingénieure
et copilote

1 STONY

Et voilà. Il fait de plus en plus sombre. Il nous reste de moins en moins d'énergie. On va mourir là, au milieu de nulle part. Personne n'est au courant de l'endroit où on se trouve, et il fait un froid martien, bien pire que le pire hiver terrien. Et puis Nils et moi, on ne se parle plus, ce qui refroidit encore l'atmosphère…

Peut-être que nos robots trouveront leur chemin, ils ont le temps, eux : ils n'ont pas besoin d'oxygène. Nils et moi, si ; les êtres humains, ça respire, même sur cette planète rouge.

J'ai peur. Oui, moi, Jade l'intrépide, je l'avoue : je tremble. Je voudrais être dans mon lit, et entendre Apollo, le chat de Nils, ronronner à mes côtés. Et revoir ma mère. Et toute l'équipe.

Tout ça à cause d'une pierre ! Dire que ce matin, je vivais encore heureuse…

Huit heures plus tôt…

Du gruyère. Voilà en quoi nous transformons le sol de cette planète. Vous ne me croyez pas ? Venez voir ! Ah non, c'est vrai, vous ne pouvez pas. On est en 2111, et pourtant, notre petit groupe de sept personnes est encore le seul à vivre sur Mars.

Maman, qui est géologue, dirige des opérations de forage. Avec l'aide de Ravish, notre super ingénieure, elle pilote depuis son ordinateur les machines roulantes qui creusent dans l'argile près d'anciens lacs martiens et mettent les échantillons récoltés dans des tubes bien fermés. Elle espère prouver qu'autrefois il y a eu de la vie sur Mars.

Moi, je trouve ça moins important que nos poules, que nous avons amenées avec nous depuis la Terre et qui nous fournissent des œufs frais tous les jours : heureusement que Gad, le père de Nils, prend soin d'elles. Maman me rappelle :

— Trouver des preuves de vie, même passée, c'est le principal but de notre mission sur cette planète. Cela prouverait que la Terre n'est pas le centre du monde. Qu'une vie extraterrestre peut exister !

Pour la taquiner, je lui demande :

— Hum… Alors, les machines pourraient trouver des petits bonshommes verts cachés dans le sous-sol ?

— Non, ça, c'est dans les films. Ce serait probablement une forme de vie inconnue.

Dommage, j'aurais bien aimé qu'un Martien me salue avec ses antennes ! Nils

et moi, on décide de jouer aux extraterrestres : on déguise mon robot Rob et son chat Apollo et on dit qu'on les découvre sur Mars. C'est super drôle. Enfin, peut-être pas pour Apollo, qui préférerait dormir qu'enfiler mon tee-shirt vert.

Au moins, ça passe le temps. Parce que personne ne s'occupe de nous. Les adultes sont trop occupés à gérer les urgences, comme ils disent : maman et Ravish extraient les cylindres de terre qu'on appelle des carottes (non, ça ne se mange pas), Gad soigne un de nos lapins, qui perd ses poils, et Star examine Mark, qui a des boutons sur les bras – ici, même un petit bouton, c'est pris très au sérieux. Il faut dire qu'elle est la seule médecin de la planète !

En attendant, on ne découvre rien d'intéressant dans ce qu'extraient les machines.

Seulement des pierres volcaniques, et ça, ici, il y en a partout.

Pendant le déjeuner (la MiamMachine nous prépare de bons repas !), maman signale :

— En triant des documents sur mon ordinateur, tout à l'heure, je suis tombée sur un rapport qui date du siècle dernier, de 2077 je crois. Il parle d'une pierre étrange prise en photo mais jamais rapportée sur Terre. Ce qui est étonnant, c'est qu'elle est métallique. J'ai vérifié, personne n'a travaillé le sujet depuis… J'aimerais bien la trouver !

— Ce n'est pas du tout la priorité, lui rappelle Mark, notre commandant.

— Bien sûr, mais d'ici quelques semaines, quand on aura le temps, on pourrait y aller.

Un éclair de génie traverse mon esprit et je donne un coup de coude à Nils. Dès la fin du repas, hop, direction ma chambre. Assise sur ma couchette, je déclare à mon ami :

— Tu sais que l'anniversaire de ma mère, c'est demain ? J'ai commencé un bracelet connecté, avec des pièces détachées de robot, pour qu'elle sache le temps qu'il fait, la température ambiante, qu'elle vérifie sa santé, qu'elle…

— Et tu as terminé ?

— Non, pas du tout, et puis je viens d'avoir une bien meilleure idée… On pourrait aller chercher la mystérieuse pierre métallique dont maman vient de parler. Ce serait cool comme cadeau, non ?

Nils me regarde en fronçant les sourcils.

— Euh… Tu crois qu'on va réussir à la repérer tout seuls ?

Je me redresse.

— On est de vrais aventuriers du XXIIe siècle, oui ou non ?

Un défi pareil, ça se prépare. Alors, on écrit notre plan sur le tableau en face de ma couchette (ici, on a chacun une mini-chambre, juste une couchette avec un petit bureau et un placard).

PLAN ÉLABORÉ PAR LES DEUX MEILLEURS AVENTURIERS DE MARS, ET VALIDÉ PAR APOLLO, LE CHAT LE PLUS MALIN DE L'UNIVERS :

- prendre en photo le document dont Maya parlait pour localiser la pierre (Nils)
- construire un robot spécial qui ira chercher la pierre (Jade)
- l'envoyer sur place (Nils et Jade)

Pas mal, non ? Pendant que Nils part photographier les documents géologiques que maman a laissés sur son écran, dans la pièce à vivre, je fabrique un nouveau robot. C'est ma spécialité.

— J'ai tout, annonce Nils quand il revient avec des photos numériques. Le lieu, la description faite à l'époque... Ohhhh ! il est marrant, ton petit nouveau ! Et si on l'appelait Stony ? Vu que *stone* veut dire « pierre » en anglais, ce serait logique !

— Bonne idée ! Il reste à le programmer... Stony doit pouvoir détecter le métal et se déplacer rapidement.

Nils place le détecteur de métal dans le ventre de Stony pendant que j'essaie de tout paramétrer pour que le robot fonctionne correctement. Hum, pas si facile. Et on n'a pas le temps de se tromper ! Or Stony reste muet... Il doit manquer quelque chose !

2 ÇA BOULONNE !

Nils sourit en examinant les documents qu'il a numérisés :

— Coup de chance : la pierre n'est qu'à 50 kilomètres de l'habitat.

Ouf ! j'avais peur qu'elle soit à des milliers d'heures d'ici... Par exemple, près de la calotte polaire ! On n'y serait jamais arrivés à temps, ou jamais arrivés du tout… Surtout que Stony n'est pas encore opérationnel.

Soudain, Mark nous appelle :

— Eh, les jeunes, c'est l'heure de votre cours ! Avez-vous oublié ?

Zut ! Nils et moi bredouillons en même temps :

— Oui… Non… On arrive !

On a beau vivre sur Mars, l'école continue… à sa façon ! Mark nous détaille les codes informatiques qui régulent la synthèse vocale. J'ai la tête ailleurs, mais Nils écoute attentivement. Dès la fin du cours, il file rejoindre Apollo et les deux robots. Je le trouve en train de bidouiller Stony. QUOI ?

— Mais qui t'a permis de le toucher ? C'est MOI la spécialiste des robots !

Nils m'explique, un peu gêné :

— Tu as entendu ce qu'a dit Mark ? Il nous a fourni la ligne de code qui manquait, sans s'en douter ! Alors j'ai intégré les informations nécessaires dans la mémoire de Stony. Tu ne vas pas te mettre en colère, si ?

— Moi ? Si… Enfin non…

— Mais on forme une équipe ! On doit se soutenir. On est les deux seuls enfants de cette planète.

Nils n'a pas tort, mais parfois je n'en peux plus d'être toujours avec les mêmes personnes. Sept en tout, ce n'est pas beaucoup ! Le nouveau robot interrompt le cours de mes pensées :

— **Stony est prêt.**

À ma grande surprise, Rob lui répond :

— **Va chercher la pierre dont Nils a chargé les paramètres dans ton unité centrale.**

Je m'étrangle :

— Tu as AUSSI connecté MES deux robots ?

— Je voulais qu'on gagne du temps, je ne pensais pas que ça t'embêterait, répond Nils en rougissant.

Grrr. Il a raison. D'accord, je ne jouerai pas perso. Nous accompagnons Stony au sas qui mène dehors.

— **Stony va chercher la pierre**, précise Stony.

Par un hublot, nous le regardons s'éloigner, seul sur le sable rouge. J'adorerais l'accompagner ! Mais nous avons interdiction de sortir de l'habitat sans adulte, et chacun est plongé dans une urgence.

Pour passer le temps, je programme Rob pour qu'il gratouille Apollo quand il se frotte à lui. Mais bientôt mon télébipeur émet LA petite musique. Celle que j'ai attribuée au nouveau robot : une chanson d'un ancien groupe qui s'appelle les Rolling Stones, les « pierres qui roulent ». Je murmure :

— Déjà de retour ? Bizarre. Soit il est ultrarapide – et nous, ultrageniaux en création de robots – soit il y a un souci…

Nous fonçons lui ouvrir le sas.

— **Stony a trouvé.**

Je lui demande :

— Fais voir ce qui est collé à tes aimants… Mais… c'est des boulons !

Nils se gratte la tête :

— Qui fabrique des boulons sur Mars ? Des extraterrestres ?

Rob, qui nous a suivis, se branche sur la mémoire de Stony et répond :

— **Ces boulons proviennent du vaisseau spatial qui nous a amenés sur la planète Mars. Le vaisseau est le plus gros objet métallique des environs. Comme Stony est programmé pour rapporter des objets métalliques, il s'est orienté vers lui.**

Oh là là, j'ai raté un détail de programmation, on dirait. Ou alors c'est Nils qui a changé un truc sans me le dire…

— Tu avais activé la géolocalisation de Stony pour l'envoyer au bon endroit ? me demande-t-il.

— Eh bien, je… je ne sais plus trop, en fait !

Un bruit assourdissant stoppe net cette conversation. L'alerte niveau 3 résonne dans tout l'habitat. Gloups, un danger nous menace… En une seconde, des tonnes de catastrophes possibles défilent dans ma tête : manque d'oxygène, panne électrique, saturation de gaz dangereux dans l'air…

La voix de Ravish, notre ingénieure, résonne dans les haut-parleurs : « Réunion d'urgence immédiate dans la pièce centrale. Je répète… »

Nous désactivons mes robots pour qu'ils se tiennent tranquilles et nous précipitons. Maman, les parents de Nils, Ravish et Mark discutent déjà.

— Papa, demande Nils à Gad, qu'est-ce qui se passe ? Les lapins et les poules vont bien ? Et Apollo ?

Apollo répond tout seul : il se frotte en miaulant contre les jambes de son jeune maître. Ouf !

— C'est le vaisseau, nous explique Gad. Il tangue… On dirait que sa base est abîmée…

On va faire des tests à distance pour comprendre ce qui s'est passé. Si ça ne suffit pas, on ira sur place.

— Qu'est-ce qui te prend, Nils, pourquoi tu es tout blanc ? murmure Maya.

Je sais pourquoi il est pâle – et moi aussi sans doute : sans le vouloir, nous avons saboté le vaisseau ! Et s'il bascule dans le cratère tout proche, c'est la catastrophe ! On risque même de ne plus pouvoir rentrer sur Terre. Jamais.

On s'éclipse pour une deuxième réunion de crise secrète. Notre nouvelle mission : aider Stony à reboulonner la base du vaisseau. C'est la première urgence ! Ensuite, on s'occupera de la pierre pour l'anniversaire.

Mais pour nous déplacer, nous avons besoin d'un rover. Normalement, nous n'avons pas le droit d'en emprunter, mais un vaisseau qui risque de tomber, c'est un cas de force majeure.

Tant pis pour l'interdiction ! Dès que le ciel est noir, nous faisons semblant d'aller nous coucher. Et quand toute l'équipe nous a enfin imités, Nils embrasse son chat et on s'éclipse discrètement. Et hop, direction la voiture martienne. Pourvu que Stony nous indique quels boulons il a enlevés !

On s'installe, on s'apprête à démarrer… mais arrgh ! il y a un code sur le système de navigation du rover. Et nous ne le connaissons pas. Impossible de nous diriger dans ces conditions. Impossible de demander de l'aide aux adultes, vu qu'on est en train de faire quelque chose d'interdit.

Comment on va se débrouiller ?

3 À L'AVENTURE !

Nils s'exclame :

— Je sais !

Et il fonce vers la zone d'habitation sans rien m'expliquer. Il commence à m'agacer ! Enfin, il revient avec Rob dans ses bras :

— On va utiliser le GPS que tu avais intégré au robot, c'est lui qui va nous guider !

Pour une fois, il reconnaît mes talents…

Cette fois, c'est parti. Nous sommes un peu serrés dans notre voiture martienne, à deux enfants plus deux robots, mais tant pis. Je pousse le chauffage, vu qu'il fait -100 °C dehors.

Et voilà, nous nous enfonçons dans la nuit glaciale. Au début, tout se passe bien. Mais Nils ralentit subitement.

— C'est bizarre, dit-il. On voit de moins en moins bien, malgré les phares…

Je gémis :

— Oh non ! On a oublié de vérifier la météo. Une tempête de neige se lève !

Enfin, si on peut appeler « neige » ces petits cristaux de glace qui enrobent la poussière martienne et rayent le pare-brise du rover quand on actionne les essuie-glaces.

La visibilité diminue de plus en plus. Mon cœur bat la chamade. Heureusement, Nils conduit bien. Soudain, il freine si brutalement que ma tête cogne contre le pare-brise : nous sommes tout près du cratère, à trois mètres du vaisseau posé en équilibre au bord du précipice… et on n'avait rien vu !

Nils me demande si ça va, mais il écoute à peine ma réponse. Il demande à Stony d'aller revisser les boulons où il les a trouvés. Le petit robot sort et s'éloigne. Il s'active près du vaisseau pendant un temps interminable. Pourvu qu'il réussisse ! Nils finit par me demander :

— Tu es sûre que tu l'as bien paramétré ?

— Évidemment ! Tu m'énerves, à la fin… d'ailleurs, regarde, il revient.

Le robot annonce :

— **Stony a remis en place les éléments.**

Ouf ! bêtise réparée ! Pourvu que les adultes voient sur leurs écrans que tout est redevenu normal ! Je décide :

— Puisque nous sommes dans la bonne direction, allons chercher la pierre pour l'anniversaire de maman.

— Tu as vu le temps qu'il fait ? proteste Nils.

— C'est vrai. Mais en nettoyant les vitres, on doit pouvoir y arriver ! Ce serait tellement bien de récupérer ce cadeau génial !

— Tu crois qu'on en est capables ? me demande Nils d'une voix tremblante.

— Trouillard, va ! Ce n'est pas loin. Je sors nettoyer.

Mais pour sortir, il ne suffit pas d'ouvrir la porte : il faut d'abord enfiler une énorme

combinaison, indispensable pour respirer, avoir une température supportable… Bref, pour survivre.

Il fait noir, le vent balaie la neige au sol. Les flocons martiens tombent en silence. Quelle solitude inquiétante… Pendant cinq bonnes minutes, aidés de grandes perches, nous grattons les fenêtres. Pfiou, la glace est bien incrustée ! Les diodes de Rob s'allument de plusieurs couleurs, et il dit « Logiciel » toutes les cinq secondes.

Il doit y avoir un problème.

— On rentre dans le rover, maintenant ? demande Nils, qui danse d'un pied sur l'autre en regardant autour de nous, pas très rassuré.

De retour dans l'habitacle, c'est le même cirque à l'envers. Cette fois, il faut enlever l'énorme combinaison. Brrr, j'ai l'impression de respirer moins bien et d'avoir un peu froid...

— Rob, continue à nous diriger, s'il te plaît. Attends, je vais te donner les coordonnées GPS de l'endroit où se trouve la pierre.

— **Il n'en est pas question**, répond-il.

Alors là, c'est bien la première fois qu'il proteste !

On ne voit pas mieux notre route que tout à l'heure. On roule, encore et encore. À gauche, à droite, encore à droite. Tous les cinq mètres, Rob nous demande de changer de direction.

— Le trajet est long, tu ne trouves pas ? s'étonne Nils.

Maintenant qu'il le dit, oui, c'est clair. Normalement, 50 kilomètres, ça ne prend pas autant de temps.

Et surtout, normalement, on y va en ligne droite, sauf pour éviter les crevasses et les montagnes.

— Rob, tu me dis où on est ? je lui demande.

— **Non**, répond-il.

Hein ? Cette fois, il y a vraiment un truc qui cloche.

— Approche-toi !

Le voilà qui recule. Pourquoi fait-il l'inverse de ce que je demande ?

Un doute horrible m'assaille : est-ce que ses indications géographiques, elles, sont correctes ?

On se regarde avec Nils, effrayés. Et sans demander son avis à mon robot, je l'attrape et j'ouvre sa trappe de sécurité.

Oh noooooooon !

L'affreuse vérité apparaît :

— De la glace a dû s'incruster dans ses circuits pendant notre arrêt, maintenant il dit le contraire de ce que son logiciel lui indique, donc par exemple « Va à droite » quand il faut aller à gauche. C'est sûrement un faux contact dans la carte mère.

— Alors on est perdus ! s'exclame Nils.

Si c'est le cas, c'est gravissime. Car sur cette planète, le moindre problème peut s'avérer fatal ! Et en plus, personne ne sait que nous sommes partis. Au secours !

4 PANIQUE INTERDITE

Cette fois, nous sommes vraiment en danger ! Nils et moi, seuls dans la nuit martienne.

Je tremble. Impossible de m'arrêter.

— Jade, me dit Nils, il faut qu'on applique ce qu'on a appris aux entraînements : « En cas d'urgence, le chef d'équipe dirige, on agit, on sauve notre peau. Panique interdite. »

— Si tu crois que c'est facile, monsieur le donneur de leçons ! Je ne supporte pas quand tu joues au petit chef.

Nils arrête le moteur du rover et me répond doucement :

— On est chefs tous les deux, Jade. Comme ça, on est deux fois plus efficaces.

— Franchement, il vaudrait mieux que je prenne la direction des opérations !

— Non mais, pour qui tu te prends ! Je suis aussi capable que toi.

— Alors ça…

Nils ne répond pas, il doit bouder.

Le chauffage peine à réchauffer l'habitacle. On va mourir là, au milieu de nulle part. Personne n'est au courant de l'endroit où on se trouve, et il fait un froid bien pire que le pire hiver terrien.

Et en plus, Nils et moi, on ne se parle plus…

Il farfouille dans les paramètres de notre voiture martienne. Heureusement que je prends les choses en main. J'ordonne à Rob :

— Éloigne-toi !

Comme prévu, il s'approche. Il se tourne vers le boudeur en chef, toujours penché sur les circuits du rover, et articule :

— **Tu ne trembles pas, Nils** !

Traduire par : « Tu trembles beaucoup. »

Effectivement, il est tout pâle, et ses gestes sont saccadés. Radoucie, je lui demande :

— Tu as froid ?

Pendant une bonne minute, il ne me répond pas. Puis il m'adresse enfin la parole :

— Un peu… Mais j'ai surtout une mauvaise nouvelle supplémentaire. Les batteries du rover n'étaient pas chargées à fond quand on est partis de l'habitat. Et les détours que Rob nous a imposés n'ont rien arrangé… On n'a presque plus d'énergie pour avancer, pour se chauffer, pour avoir de la lumière, pour… Oh, c'est affreux !

— Nils, tu as dit « Panique interdite. On agit d'abord ». Donc, phase 1 : on se tire de ce mauvais pas.

Il prend une grande inspiration et sa voix redevient posée.

— Tu as raison. Surtout que c'est vital : nous devons maintenir le rover à une température acceptable, faire en sorte que le niveau d'oxygène reste stable, histoire de pouvoir respirer…

— J'ai une idée ! Stony est chargé à bloc, lui : on va utiliser son énergie. Et en plus,

on va donner ses composants à Rob… Tant pis, il ne pourra plus parler.

Nils le branche sur le rover, moi j'ouvre une trappe sur sa poitrine et farfouille. Hop, j'extrais son régulateur de langage de synthèse et je l'insère dans les rouages de Rob après l'avoir éteint. Stony est muet, maintenant ! Mais Rob devrait parler normalement. Dès que je le remets en route, il me fixe et dit :

— **Bonjour Jade ! Je calcule notre position**…

Je souris à Nils : on a réussi… ensemble ! J'indique à Rob l'endroit où nous souhaitons nous rendre ; il ajoute alors :

— **La destination se trouve à sept minutes d'ici**.

Parfait ! Il reste un bricolage à réaliser : Stony est notre seul espoir de trouver la pierre, je l'ai conçu dans ce but. Donc il faut qu'il puisse s'exprimer, même sans langage de synthèse… Maintenant, quand du métal sera proche, ses yeux clignoteront en vert.

— Jade, tu es géniale. On a sans doute sauvé notre peau, me félicite Nils en démarrant le rover.

Une douce chaleur revient peu à peu dans l'habitacle et dans mon cœur, d'ailleurs nos souffles forment des nuages moins compacts.

— Et toi, tu es le roi des mécanos martiens ! je lui souffle.

Reste une grosse interrogation : même avec tous nos ajustements géniaux, arriverons-nous à trouver la pierre avant la fin de la nuit ? C'est quand même pour ça qu'on est là, au milieu de nulle part…

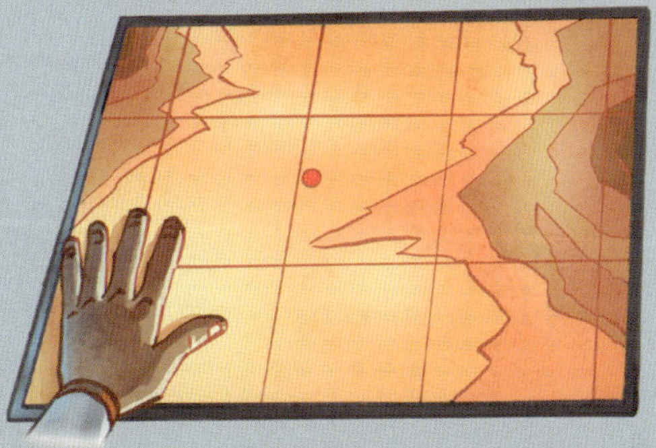

5 OÙ EST LA PIERRE ?

— Tu es sûre que c'est le bon chemin ? me demande Nils au bout de trois minutes qui me paraissent durer trois siècles.

Le terrain devient accidenté, avec des trous de plusieurs dizaines de centimètres. Je vérifie le GPS de Rob. Oui, il sait où il va, cette fois le trajet est cohérent.

— **Il reste 495 mètres avant la destination**, indique le robot d'une voix monocorde. **490. 485.**

Après un énième bond du rover, Nils coupe le moteur et soupire :

— On doit terminer à pied : le moteur consomme trop en surmontant les obstacles !

Nous remettons péniblement nos combinaisons et sortons. Il fait toujours aussi froid, et aussi noir. Malgré nos puissantes lampes frontales, on ne voit presque rien. Je marche lentement pour économiser l'oxygène. Mais mon cœur bat la chamade. Allez, si on n'a rien trouvé dans cinq minutes, on rentre. Je veux revoir maman, moi, avec ou sans la pierre ! Je supplie :

— Stony, tu es notre seule chance ! Pas d'erreur, s'il te plaît !

Il avance droit devant lui, avec un « clic clic » à chaque pas. J'ai dû me tromper en remontant un de ses composants, tout à l'heure. On le suit en sautillant – on est si légers dans cette mini-pesanteur !

Pendant qu'on observe Stony, on boit chacun une gorgée à la paille (ça, c'est facile, l'eau est sans cesse recyclée dans les combinaisons).

Soudain, une diode verte clignote dans les yeux du robot. Le temps d'avaler une dernière goulée, Nils et moi le rejoignons.

— Où as-tu vu une pierre métallique, Stony ? je demande en regardant autour de moi avec ma lampe frontale.

Stony ne peut pas répondre, étant donné que je l'ai rendu muet. Le problème, c'est que nous, nous ne voyons rien de spécial.

Des pierres, partout des pierres. Aucune ne semble spéciale. On continue d'avancer au hasard, en pointant notre lampe vers le sol.

Stony clignote de plus en plus vite en vert, mais on ne le croit plus trop. Nils me taquine :

— Je ne sais pas comment tu fabriques tes robots, mais tu as encore des progrès à faire !

— Hé oh, ça va ! Je fais ce que je peux, hein !

— Fini les disputes, d'accord ? fait-il en touchant mon gant ultra-épais avec le sien.

— D'accord… Bon, on retourne au rover, sinon le soleil va se lever, les adultes vont s'apercevoir de notre absence, et surtout… nous n'avons vraiment plus beaucoup d'énergie.

On fait demi-tour quand Nils bute sur un obstacle et tombe. Je m'amuse :

— Je ne sais pas comment tu as appris à marcher, mais tu as encore des progrès à faire !

— Hé oh, ça va ! Je fais ce que je peux, hein !

Il ramasse la pierre sur laquelle il s'est cogné. Tiens, elle brille dans le faisceau de nos lampes. Ohoooooo. Elle est gravée de formes étonnantes et scintille en rouge et vert. Je n'ai jamais vu une chose pareille.

— Je ne sais pas si c'est ce que maman cherchait, mais ça fera un super cadeau d'anniversaire !

Vite, nous retournons à l'endroit où Nils est tombé : on en trouve une autre, plus petite mais aussi jolie. De toute façon, nous n'avons pas le temps de chercher davantage : il faut rentrer d'urgence à l'habitat.

Nous embarquons nos trouvailles avec nous dans le rover. Mais nous gardons notre combinaison, cette fois : les circuits qui maintiennent la température faiblissent et, même à l'intérieur, il fait un froid martien. Nils a les lèvres bleues et moi je commence à trembler. Nos réserves dans les combinaisons s'épuisent, elles aussi. Heureusement, la tempête s'est calmée, nous pouvons même admirer Phobos, une des deux lunes de Mars, au-dessus de nous. C'est beau, mais le temps file et je suis gelée.

L'aube pointe quand nous atteignons l'habitat. Nous rentrons le rover dans son garage et enlevons nos combinaisons dès que le sas est refermé.

Premier geste : respirer à fond et frotter nos bras pour nous réchauffer.

Deuxième geste : admirer nos deux pierres. À la lumière, elles sont vraiment belles.

Troisième ge… Arrgh, non, pas le temps d'avaler un chocolat chaud. Quand on arrive dans la cuisine, les adultes nous attendent tous. Et ils ne sont pas contents.

6 VIVE LA VIE !

Apollo se frotte contre les jambes de son maître puis contre les miennes. Il est content de nous voir, lui au moins ! Du coin de l'œil, je vois Rob et Stony partir vers la chambre de Nils, emportant la plus petite des deux pierres que nous avons rapportées. Qu'est-ce qu'ils fabriquent ? Je n'ai pas le temps de creuser la question, car une avalanche de reproches s'abat sur nous :

— Vous vous rendez compte que vous avez fait une énorme bêtise ? tonne Mark. Je suis responsable de l'équipe, moi !

— Vous auriez pu vous perdre, poursuit Gad, le père de Nils, tandis que Star ajoute, implacable :

— On pensait que vous étiez raisonnables. En plus, il y a eu une tempête de neige.

Ravish remarque, l'air terriblement déçue :

— Vous n'avez même pas vérifié la charge du rover.

Seule ma mère, Maya, n'a encore rien dit. C'est bien ce qui m'inquiète. Elle finit par lâcher :

— J'étais morte d'inquiétude. Et me faire ça le jour de mon anniversaire, en plus !

C'en est trop. On a risqué notre vie pour faire la surprise du siècle à ma mère adorée, et voilà ce qu'on récolte ! J'éclate en sanglots. Des bras m'enlacent. J'aimerais que ce soit ceux de maman, mais non, c'est Nils, qui pleure autant que moi. Au moins, nous sommes vraiment réconciliés, c'est déjà ça.

Je réalise qu'aucun adulte ne sait pourquoi nous sommes partis en pleine nuit… puisque nous ne l'avons dit à personne ! Je déclare :

— Vous avez remarqué que le vaisseau est stabilisé ?

Mark fronce les sourcils en grognant :

— Oui, je voulais justement aller voir ça de près ce matin… Comment vous le savez ?

Je souris sans répondre. On s'expliquera plus tard. J'attrape le sac posé à nos pieds et j'en sors la grosse pierre. À la lumière vive de l'habitat, on la voit en détail. Elle est rouge et verte, en forme de très grande feuille d'arbre, et brille fort. Je la tends à maman et lui dis en reniflant :

— Tout ça, c'était pour te trouver un super cadeau d'anniversaire.

Un nouveau silence s'installe. Il est différent de celui, glacial, qui nous a accueillis tout à l'heure ! Je sens comme des picotements sur

ma peau ; tous les adultes s'interrogent. D'un seul coup, tout le monde parle en même temps :

— Mais… Mais comment vous avez pu trouver ce magnifique spécimen…

— Aucune de nos machines foreuses n'a déniché une pierre de ce genre !

— Ce n'est pas un rejet volcanique…

— On dirait…

Ma mère me prend la pierre des mains, et, des étoiles dans les yeux, elle déclare :

— On dirait… un fossile !

Un fossile ? Si je ne me trompe pas, c'est le reste d'un animal ou d'un végétal qui s'est conservé dans une roche ! Alors, ça signifierait que…

— Tu veux dire que c'est un être qui a vécu sur Mars il y a longtemps ?

Le sourire de maman tremble de surprise et de joie.

— Oui, c'est possible. Dans un lac, sans doute. Merci… Merci pour moi, et pour la science ! J'ai l'impression que vous avez fait une sacrée découverte.

Elle la pose un instant et me serre dans ses bras. Je glisse Nils dans notre étreinte. Je respire mieux, tout à coup. Puis maman se dirige vers l'espace technique de l'habitat et insère trois mini-fragments de l'objet dans le microscope électronique. Elle fait tourner leur image en 3D dans l'espace et commente :

— C'est bien un fossile… Ou, plus exactement, un agrégat de fossiles.

— Un agré… quoi ? je demande.

— Disons un assemblage de milliers de bactéries qui vivaient les unes à côté des autres.

Un peu comme les abeilles d'une ruche. Dessous, il y a de petits cils, qui prouvent que l'ensemble pouvait se déplacer. Les couleurs, ce sont des cellules qui utilisaient la lumière du soleil pour capter son énergie.

— Mais cette pierre contient du métal, non ?

— Peut-être de l'oxyde de fer martien, qui permettait à cette forme de vie de s'orienter dans le champ magnétique qui existait alors sur Mars. Il faudra faire des examens complémentaires, bien sûr…

À cet instant, on entend des bruits bizarres du côté des chambres. Nils n'arrête pas de se retourner. Finalement, les pas de Rob et Stony résonnent dans la pièce. Stony tend à maman la plus petite des deux pierres, qu'ils viennent de sertir en bague (superdoués, mes robots), et Rob pose sur la table un énorme gâteau au chocolat, confectionné avec la MiamMachine, en disant :

— **Stony et Rob vous souhaitent un bon nombre d'années**.

Traduire : un bon anniversaire, j'imagine.

Mark tousse pour attirer notre attention et déclare :

— En ce jour historique, je viens de prendre plusieurs décisions.

Aïe.

Notre chef d'expédition poursuit :

— Jade et Nils, interdiction absolue de vous approcher des rovers pendant trente sols.

Les sols, ce sont les jours sur Mars ; on ne les appelle pas de la même manière parce qu'ils n'ont pas la même durée que sur Terre… Trente sols de punition !

Bon, ça aurait pu être pire.

— Et on ne peut pas garder pour nous cette découverte extraordinaire. Alors, nous allons avancer d'un jour notre communication mensuelle avec la Terre. La première trace de vie jamais trouvée sur Mars, ça se fête !

D'accord, on n'avait pas tout bien prévu. D'accord, on a eu très, très peur. Mais une chose est sûre…

Nils et moi, on est les aventuriers du XXIIe siècle !

Retrouve les aventures de Jade et Nils sur la planète Mars !

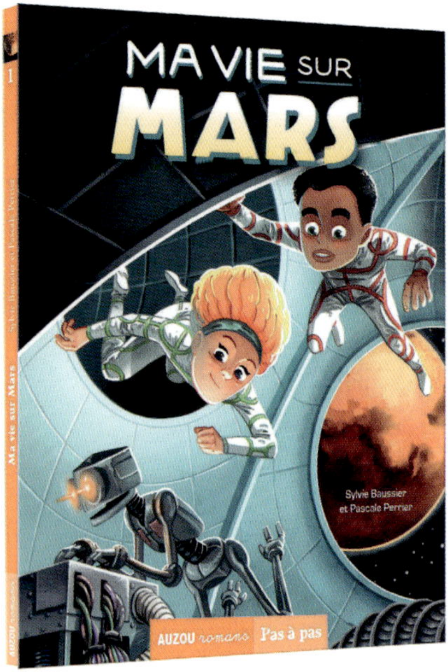

Un petit mot des autrices et de l'illustrateur

Nous adorons imaginer ensemble des histoires incroyables. Les grands espaces, c'est vraiment inspirant ! Et comme nous avons souvent la tête dans les étoiles...
Il y a plus de cinquante ans, l'homme marchait sur la Lune. C'était déjà une incroyable aventure. Nous avons décidé d'aller encore plus loin et d'emmener deux enfants du futur vers Mars ! Bien avant que les humains le fassent en vrai, même pour un court séjour... Jade et Nils, c'est un peu nous, et c'est un peu vous. On espère qu'ils vous embarqueront dans leur grand voyage comme ils nous embarquent nous-mêmes !

Sylvie Baussier et Pascale Perrier

Depuis tout petit, j'ai été attiré par les univers fantastiques. Mon attrait pour l'astronomie et la science-fiction est venu plus tard, grâce à Edgar Rice Burrough qui m'a permis de poser les pieds sur Mars aux côtés de John Carter. Les héros de mon enfance... Ce projet est donc venu à point ! J'espère que vous prendrez autant de plaisir à lire ce livre que j'en ai eu à l'illustrer.
Je profite de ce petit mot pour remercier l'équipe d'Auzou (et surtout Jennifer), disponible et à l'écoute.

Antoine Brivet